Numéro de Copyright

00071893-1

Ce roman est une fiction. Toute ressemblance avec des faits réels, existants ou ayant existé, ne serait que fortuite et pure coïncidence.

Le Code de la propriété intellectuelle interdit les copies ou reproductions destinées à une utilisation collective. Toute représentation ou reproduction intégrale ou partielle faite par quelque procédé que ce soit, sans le consentement de l'auteur ou de ses ayants droit ou ayant cause, est illicite et constitue une contrefaçon, aux termes des articles L.335-2 et suivants du Code de la propriété intellectuelle.

© 2021 Jose Miguel Rodriguez Calvo
Éditeur : BoD-Books on Demand
12-14 rond-point des Champs-Élysées, 75008 Paris
Impression : Books on Demand, Norderstedt, Allemagne

ISBN : 9782322379477

Dépôt légal : Aout 2021

LE TRÉSOR TOMBÉ DU CIEL

**Gloire, décadence
et vice-versa**

Aout 2021

Roman

« À nos petits Anges »

LE TRÉSOR TOMBÉ DU CIEL

Gloire, décadence et vice-versa

Roman

Auteur:
Jose Miguel Rodriguez Calvo

Synopsis

A Ribeville, petit village de la région de la Beauce, Le Père Louis Bertrand, dit Père Bertrand, découvre une caisse pleine d'or tombée du plafond de sa sacristie.
Il va la dissimuler, dans un sarcophage de la crypte de son église.
À partir de ce moment, sa vie va être totalement bouleversée et prendre des chemins inattendus pour le prêtre.

1

Ribeville, octobre 1951

— Bon Dieu, qu'est-ce que c'est ?
S'exclama le Père Bertrand, prêtre de la modeste paroisse.
— Oh, pardon mon Père, pardon ! Poursuivit-il, tout en se signant à multiples reprises.

Un immense fracas venant de la sacristie, qu'il s'apprêtait à verrouiller, le fit chanceler.

Le Père Bertrand, venait tout juste de célébrer la messe dominicale, et s'étant dégarni de ses habits liturgiques, s'apprêtait à rejoindre la commune voisine pour y célébrer de nouveau l'eucharistie.

Il poussa la porte, et ce qu'il vit le laissa de glace.

Une bonne partie du faux-plafond venait de chuter sur le vieux sol en grès, plongeant la modeste salle dans un épais nuage de poussière.

Et au milieu des gravats, une caisse en bois à moitié éventrée.

Le père Bertrand titubant, pénétra avec crainte jusqu'au fond de sa sacristie et se rendit jusqu'à la fenêtre qu'il ouvrit tout grand et peu à peu, la poussière finit par se dissiper.

Il s'approchât de la caisse, et ce fût la stupeur.

Celle-ci était pleine de pièces d'or et de lingots.

Le prêtre passa son doigt sur l'un d'entre eux pour dégager la poussière et déchiffrer les divers poinçons.

Banque De France
FINE GOLD
999.9

— De l'or pur !
S'exclama avec stupeur l'ecclésiastique. Une bonne cinquantaine de lingots d'un kilogramme et une multitude de pièces d'or s'étaient répandus dans toute la salle.

— Mon Dieu, mais comment est-ce possible ? D'où vient tout cela ?

Le prêtre n'en croyait pas ses yeux : une caisse en bois, pleine d'or, une véritable fortune, venait de tomber du plafond de sa sacristie.

Il se précipita immédiatement dans l'église pour faire part de cet incroyable événement à quelqu'un, mais il n'y avait plus personne, le dernier des fidèles ainsi que ses deux enfants de chœur venaient tout juste de quitter les lieux.

Il était seul. Ne sachant que faire, il retourna dans la sacristie, respirant avec difficulté, le souffle coupé. Son cœur battait à tout rompre dans sa poitrine, et ses jambes tremblaient, le faisant chanceler par moments. Le père Bertrand, âgé de trente-six ans, originaire de la ville d' "Auneau", officiait dans trois paroisses des environs, étant donné que les prêtres manquaient à cette époque, juste après la guerre, et au Diocèse de Chartres, l'Évêque lui avait assigné cette lourde tâche qu'il accomplissait du mieux qu'il pouvait, en célébrant les trois messes dominicales, mais aussi tous les baptêmes, communions, mariages et décès, ce qui ne lui laissait que quelques heures de repos par-ci par là, qu'il consacrait avec grande délectation et plaisir, à son petit potager de Ribeville, où il avait sa demeure.

L'ecclésiastique, était un homme simple, amène et affable, seul enfant d'un couple de paysans, très croyants, qui avaient dû consentir à un immense effort pour lui payer les études à l'Institut Catholique de Paris.

Il avait passé son enfance dans la modeste ferme de ses parents située dans la commune d'Auneau, où il y avait suivi son enseignement primaire, avant d'intégrer le célèbre Institut Parisien.

Né en 1915, juste après la grande guerre, il fut pourtant mobilisé en quarante comme aumônier, mais la débâcle de l'armée française fit qu'il fut rapidement rendu à ses paroissiens, auprès desquels il était plus utile.

En effet, la moitié du pays ayant été occupée par l'armée allemande en quelques semaines, faute d'avoir trouvé la moindre résistance, fit que la France fut séparée en deux par la ligne de démarcation, lorsque le Maréchal Pétain demanda l'armistice.

Bien entendu, sa paroisse, comme toute la région, se trouva dès lors en zone occupée.

Pourtant, ni l'armée française, reconnue à cette époque comme la meilleure du monde, ni les célèbres fortifications de la « Ligne Maginot » qui devait permettre l'inviolabilité du territoire national, ne purent contenir les armées du « *Troisième Reich* », au nord et les troupes italiennes au sud, lors de « *La Bataille de France* ».

La ligne Maginot fut conçue au début pour protéger la frontière avec l'Allemagne, car la Belgique et l'Italie étaient alors des alliées et l'Espagne était neutre.

Cependant, « *Mussolini* », arrivé à la tête du gouvernement italien depuis octobre 1922, ne cache pas ses intentions vis-à-vis de la Savoie et de Nice, tandis que la Belgique et la Suisse sont envisagées comme des champs de bataille possibles.

La Bataille de France débuta par l'invasion allemande des Pays-Bas, puis la Belgique ainsi que le Luxembourg et à partir du dix mai 1940, ce fut le tour de la France.

Après la fulgurante percée de l'armée allemande et le recul, pour ne pas dire la débâcle, de notre armée, ainsi que des britanniques qui se précipitèrent vers Dunkerque pour être évacués vers la Grande Bretagne, elle se termina le vingt-deux juin par la lourde défaite des forces armées françaises, et Pétain, le « héros de Verdun », dut se résilier à la signature de l'armistice.

Les quatre pays furent occupés par l'armée du « *Troisième Reich* ».

Le nord de la France fut totalement contrôlé par l'armée allemande et une frange du sud, par les troupes de Mussolini. Quant au gouvernement, il fut autorisé à se réfugier dans une minuscule zone libre, sous l'autorité du gouvernement de Vichy.

2

Revenons à notre petit clocher de la Beauce.

À cette époque, nous sommes au début du mois de juin, et les interminables prairies étaient recouvertes de céréales qui donnaient un décor multicolore et verdoyant inégalable lorsqu'on parcourrait les étroites routes de la plaine.

Le Père Bertrand prit sa vieille bicyclette, qui lui permettait de rejoindre chaque dimanche les deux autres communes distantes à peine de dix kilomètres, pour y célébrer ses deux autres offices de la journée., flanqué de ses deux sacoches en cuir où il transportait ses habits liturgiques et l'ensemble des objets indispensables à la célébration de l'eucharistie.

Dans un état presque second, il revint à Ribeville et se rendit anxieux dans sa sacristie. Il veut être certain qu'il n'a pas rêvé.

Non, bien entendu, ce n'était pas un rêve, mais un véritable cauchemar auquel il devait maintenant faire face.

Que devait-il faire ?

Il s'agenouilla sur son prie-dieu et se mit à réciter toute une litanie de prières, pour essayer de trouver une réponse.

— Mon Dieu, j'ai besoin de toi, je t'en supplie, aide moi !

Une bonne demi-heure passa, et le jeune prêtre, maintenant plus serin, se mit au travail.

Il sortit une de ses plus grosses valises de son armoire, et entreprit d'y placer minutieusement les lingots et les Louis d'or qui jonchaient le sol, la referma, puis avec grand mal, malgré la force de sa jeunesse, il la replaça provisoirement de nouveau à sa place habituelle.

Il trouverait plus tard un nouveau lieu plus sûr, pour y déposer le trésor.

Aussitôt après, il ramassa un à un les multiples débris de la caisse éventrée, et s'en débarrassa, la dissimulant à l'extérieur, dans le tas de bois de chauffage, qui lui permettait d'alimenter son vieux poêle en fonte pendant l'hiver.

Il remarqua quelques inscriptions en allemand, et un logo, qu'il ne connaissait que trop : « *Waffen-SS* », sur certaines planches de la caisse éventrée.

Le Père, laissa le reste des décombres sur place en l'état, puis referma sa sacristie.

— La nuit porte conseil, s'était-il dit, puis il rejoignit son presbytère.

Il était déjà tard, presque vingt et une heures et la journée était passée, sans que cet incroyable événement qui hantait son esprit, ne lui sorte de la tête.

Cette nuit-là, il délaissa le dîner que lui avait préparé comme chaque jour sa servante Mathilde, cet encas, qu'il réchauffait bien souvent sur son poêle à bois, lorsqu'il rentrait tard de ses nombreuses occupations.

Ses nerfs étaient trop forts et il regagna directement son lit.

Mais la nuit ne lui apporta pas le sommeil ni la sérénité, dont il avait tant besoin.

Il retournait une et mille fois cet événement dans ses pensées, sans trouver la moindre explication.

Et puis soudain, il se souvint d'un événement qui eut lieu en 1944, qui le fit sursauter.

Il se remémora soudain, que son église de Ribeville avait été réquisitionnée par les SS, et qu'ils l'avaient utilisée comme entrepôt, pour toutes sortes d'objets de valeur : tableaux, statues, meubles et Dieu sait quoi encore, car ils venaient toujours de nuit avec des camions bâchés pour décharger leur butin, et celle-ci demeura entre leurs mains sous bonne garde pendant plus de six mois.

Le Père Bertrand dut même céder son presbytère qui servit au logement des gardes.

Maintenant, il y voyait plus clair, tout était lié, mais pourquoi les officiers allemands avaient-ils abandonné ce véritable magot caché dans son église ?

Pourtant, dès le mois de mai 1940, tout son contenu avait été évacué précipitamment, et celle-ci lui avait été restituée complètement vide.

3

Mathilde, sa servante, était mariée à Hippolyte Bernot, dit le borgne, à cause de son infirmité. Le malheureux avait perdu son œil gauche à la suite d'un accident, en 1932. Alors qu'il chargeait sa charrette de paille, sa fourche lui échappa des mains, ricocha contre le plancher de son tombereau et vint se planter sur son visage.
Cette déplorable infirmité, lui valut cependant d'être réformé, ce qui lui évita l'armée.
En plus de s'occuper des repas ainsi que de l'entretien des affaires ecclésiastiques et personnelles du prêtre, en plus du ménage et de la décoration de l'église, elle aidait son mari, pendant le peu de temps libre qui lui restait, pour certains travaux dans leur modeste ferme, où ils élevaient deux vaches à lait, quelques

cochons et les inévitables animaux de bassecour, pour leurs besoins personnels.

Hyppolyte, avec sa charrette tirée par son vieux percheron, « Boulonnais » qui en bon tâcheron, lui servait aux travaux des champs, convoyait aussi très souvent le Père Bertrand jusqu'aux deux villages, notamment lorsque le temps était à la pluie ou en hiver lorsqu'il avait neigé, et que les petites et sinueuses routes de la région étaient impraticables.

Ils avaient une fille unique, Laurette, âgée d'une vingtaine d'années, qui s'occupait de leur potager, et accompagnait très souvent sa mère à l'église, lorsqu'il fallait parfaire le ménage pour les jours de fête et les événements.

Elle ne manquait jamais d'apporter quelques bouquets de fleurs de son jardin pour agrémenter l'église et lorsqu'il en manquait, elle s'arrangeait toujours pour cueillir quelques gerbes sauvages, qu'elle déposait avec délicatesse sur l'hôtel du prêtre.

La jeune fille nourrissait un béguin à peine voilé pour le séduisant ecclésiastique : il fallait la voir, comme elle buvait ses paroles lorsque celui-ci distillait son homélie du haut de sa chaire.

Et naturellement, le jeune prêtre s'en était très vite aperçu, lorsque leurs deux regards se croisaient.

Et puis son assiduité à confesse chaque semaine, s'accusant toujours des mêmes petits travers, qui auraient pu faire rire le diable en personne.

Dans ces villages, le dimanche était sacré, la plupart des paroissiens accouraient à la cérémonie dominicale pour y trouver un peu de réconfort, car la plupart d'entre eux avait perdu un être cher, un mari ou un fils.

Pour les autres, c'était l'occasion de se parer des habits de dimanche et d'échanger quelques nouvelles avec leurs concitoyens.

Pour les époux Bernot, la vie d'après-guerre était devenue difficile, pourtant, comme beaucoup d'autres paysans de la région, ils s'en étaient bien tirés, pendant celle-ci, car à Paris, tout manquait et le marché noir était à son apogée.

Il est vrai que la région fut épargnée pendant la guerre, si l'on excepte quelques réquisitions d'habitations ou granges par l'armée allemande pour y loger et entreposer multitude de biens expoliés aux parisiens et surtout aux déportés Juifs.

Les infortunés venaient s'approvisionner en denrées de toutes sortes, à la barbe des Allemands qui ne toléraient pas ce genre de trafic.

Cependant, beaucoup de gros exploitants s'étaient considérablement enrichis, en fournissant au prix fort les quelques aliments que les gens de la grande métropole se risquaient à venir chercher, sur leurs vélos ou fourgonnettes, la plupart du temps de nuit, pour éviter les contrôles et les sanctions de l'occupant.

4

« *Chartres* »

Le Père Bertrand devait maintenant faire part de l'incident de sa sacristie à l'Évêché, à Monsieur le Maire, et à ses paroissiens.

Car bien évidemment, des travaux de réfection devaient être menés pour rendre la pièce de nouveau habitable et sûre.

Et ce fut Mathilde, la seule autre personne possédant les clés, qui, venant le matin de bonne heure faire son ménage, faillit avoir une attaque en ouvrant la porte de la salle. Affolée, elle accourut jusqu'au presbytère attenant l'église, avertir le prêtre.

Celui-ci, fit semblant d'être surpris et d'ignorer la connaissance de l'accident, et accompagna sa servante jusqu'à la sacristie.

Après avoir constaté les dégâts du plafond et l'état de la pièce, il se précipita à la Mairie, et en présence de l'élu, il décrocha le téléphone, le seul disponible dans la modeste commune, pour demander à l'opératrice de le mettre en contact avec l'évêché de Chartres.

Dix minutes après, il s'entretenait avec son évêque qui consentit avec le Maire, aux nécessaires travaux.

En quelques jours, le plafond fut remis en état et la sacristie devint de nouveau accessible sans danger.

Cependant, le Père Bertrand omit volontairement de signaler sa trouvaille. Il avait décidé de prendre son temps, et entreprit de trouver une cache plus sûre pour le trésor.

Le soir même, il se mit en quête d'un lieu sûr pour mettre à l'abri son immense pactole.

Tout de suite, il pensa à la crypte du douzième siècle qui se trouvait sous l'édifice.

Il la connaissait parfaitement, elle contenait une demi-douzaine de sarcophages en pierres de taille, occupés de toute évidence, par ses prédécesseurs.

Ce lieu insolite, servait aussi occasionnellement d'entrepôt pour d'anciens meubles, peintures ou encore objets liturgiques. Pour le Prêtre, c'était l'endroit adéquat, notamment dans les sarcophages, que même les envahisseurs n'avaient pas eu l'idée ou le courage de violer. De plus, il se trouverait tout près de lui, dans un endroit où personne ne viendrait s'aventurer, d'autant plus qu'il était le seul à posséder la lourde clé permettant l'accès.

Son but n'était pas de se l'approprier, mais d'avoir le temps de trouver la bonne solution.

Bien évidemment, l'accès aux catacombes qui se faisait par une trappe métallique recouverte du même grès que le reste de la pièce, parfaitement dissimulée sous la lourde armoire de la sacristie et qui rejoignait la crypte par un étroit et abrupt escalier en colimaçon, empêchait que le prêtre descende la lourde valise.

Il devait forcément transférer son contenu dans divers emballages plus modestes, et ceux-ci étaient tout trouvés.

Il utiliserait les sacs de farine, faits en toile blanche très solide. Le soir même, dès que Mathilde partit après lui avoir préparé le dîner, il s'attela à la tâche, remplissant un à un une vingtaine d'entre eux, puis il les descendit péniblement à l'intérieur de la crypte.

Lorsqu'il termina, venait ce que pour lui allait s'avérer le plus pénible, moralement et physiquement.

Moralement, parce qu'il allait devoir profaner la tombe d'un de ses confrères serviteurs de Dieu, puis devoir déplacer suffisamment le lourd couvercle en pierre qui surmontaient chacun des sarcophages. Il choisit le tombeau qui se trouvait le plus éloigné de la sortie, qui sous une croix, portait l'inscription :

« **Père Richard** »
22 décembre 1423 – 16 février 1475

Après s'être recueilli pendant un bon moment devant sa sépulture, il entreprit de déplacer le lourd couvercle en poussant de toutes ses forces, mais celui-ci ne bougea pas d'un cheveu.

Il fallait trouver un autre moyen. Bien entendu, il ne pouvait demander de l'aide à quiconque, le secret devait avant tout être préservé.

C'est à ce moment qu'il eut une génuine inspiration : il se souvint soudain que de gros cordages venants du remplacement des nouvelles cloches qui avaient été démontées et fondues par les Allemands, se trouvaient entassées pêle-mêle, dans un coin du haut de son clocher.

Il se précipita aussitôt sous sa voute et prit l'une d'entre elles, qu'il descendit avec grande difficulté jusqu'à la crypte.

Là, avec le solide cordage, il entoura complètement le lourd couvercle en pierre et arrima les deux extrémités à un des nombreux ancrages en fer, scellés dans le mur. Le Père Bertrand, prit alors une longue barre de fer parmi les nombreux objets entreposés là, et fit un tourniquet. Aussitôt, la lourde chape, se mit à bouger sans qu'il n'eût à exercer de gros efforts. C'était gagné, il déplaça le couvercle jusqu'à un peu plus de la moitié, pour lui permettre l'accès. Les ossements de Père Richard étaient là, recouverts d'un linceul jauni par le temps. Précautionneusement, il souleva les restes de l'ecclésiastique, qu'il déposa sur le sol.

Aussitôt après, il entassa les lourds sacs pleins d'or au fond de la cavité et avec une extrême prudence, replaça par-dessus l'ossuaire contenant les frêles et fragiles restes du Père Richard.Par la suite, il exécuta la même opération, cette fois en accrochant la corde à un autre encrage du mur opposé, et le tombeau fut de nouveau scellé.

C'était fait, le trésor était maintenant en sécurité.

5

Six mois s'étaient écoulés à Ribeville, et l'été passé sans aucune autre nouvelle que les inévitables travaux des champs, fauchage des céréales et autres plantations et semences, qui avaient été exceptionnelles en qualité cette année malgré la faible étendue de celles-ci, par manque de main-d'œuvre.
N'oublions pas que la fin de la guerre était encore proche et que beaucoup d'hommes manquaient à l'appel, soit parce qu'ils étaient tombés au combat,

déportés ou avaient été blessés, le plus souvent gravement, les rendant inaptes aux durs labeurs des champs.

Surtout que la nouvelle génération du « baby-boom » qui venait de voir le jour, était loin de prendre la relève.

Alors, il ne restait pour ainsi dire que les anciens et les femmes, oui, toujours elles, qui avaient pourtant assuré la plus grande partie des pénibles tâches de toutes sortes, pendant les regrettables événements.

Le Père Bertrand continuait les invariables activités de son sacerdoce et avait presque oublié la rocambolesque histoire du « trésor ».

Du côté de la famille Bernot, tout allait bien, malgré l'âge déjà avancé de Mathilde et de son mari, qui avait largement débordé celui de la retraite.

Quant à Laurette, elle était toujours aussi éprise de son inatteignable amour platonique.

Nous sommes à présent début décembre, la nouvelle neige a fait son apparition pour la première fois de l'année, toute la plaine est soudainement apparue un beau matin, revêtue d'un immaculé manteau platiné.

C'était comme si l'on avait déposé une couche uniforme sur l'ensemble du plateau.

Les chemins et les sinueuses routes avaient disparu sous l'épais et uniforme tapis blanc.

Pourtant, quelque chose intrigua le Père Bertrand ce matin-là.

Les traces d'un véhicule arrivé durant la nuit et avait exécuté une manœuvre sur la petite place de l'église, avant de retourner sur ses pas, parfaitement visibles sur le sol enneigé, étaient apparues.

C'était arrivé durant son sommeil, car même lui, qui dormait dans son presbytère à quelques mètres, ne s'était pas aperçu de sa présence.

L'épaisse couche de neige avait, avec certitude, parfaitement amorti son inévitable bruit.

Il resta un tant soit peu dubitatif, car personne n'avait frappé à sa porte, et aucune trace de pas n'apparaissait à côté de celles du véhicule.

Qu'était-on venu chercher à cet endroit ? Qui s'était déplacé par cette nuit inhospitalière jusqu'à Ribeville, sans même chercher à rencontrer quelqu'un ?

Une curieuse sensation traversa l'esprit du jeune prêtre.

6

Début janvier 1952.

À peine une quinzaine de jours après le curieux fait de cette nuit de décembre avec l'inexplicable et surprenante visite nocturne anonyme aux abords de l'église de notre paisible village de Ribeville, emmitouflée au beau milieu de cette pimpante plaine de la Beauce, un autre événement vint à nouveau éveiller la curiosité du prêtre et des fidèles, mais cette fois dans des circonstances bien différentes.

La vieille horloge du clocher s'apprête à déclencher les dix tintements, qui marquent l'heure du début de la célébration de l'immuable messe dominicale.

Les paroissiens retardataires pressent le pas pour rejoindre le parvis de l'église.

Le Père Bertrand termine d'ajuster ses habits liturgiques et comme à son habitude se rend jusqu'à l'entrée de son église pour accueillir ses fidèles.

C'est une belle journée de janvier : l'air est encore froid, mais le ciel est clair et les rayons déjà tièdes du soleil sont venus à bout de l'épais manteau blanc, en faisant fondre les derniers îlots de neige encore présents dans la prairie.

À ce moment, une grosse limousine arrive en trombe sur la petite place et deux individus en costume et manteaux longs jusqu'aux pieds en descendent et se dirigent vers la porte de l'église.

Le Père Bertrand, comme le reste des fidèles, ont tout à coup un sentiment de panique, cette façon de faire, les ramène quelques années en arrière dans des souvenirs d'une bien triste époque.

Les deux homme, blonds, dans la cinquantaine, de toute évidence d'origine étrangère, passent devant le prêtre, faisant un léger signe de la tête et vont s'installer sur le banc du premier rang.

Le reste des fidèles pénètre à son tour, en se découvrant.

L'office commence, et le Père Bertrand doit se retourner à plusieurs reprises, pour faire cesser l'inhabituel brouhaha qui parvenait jusqu'à ses ouïes.

Les fidèles, surpris par la présence impromptue des deux étrangers, ne cessent de chuchoter.

L'office se termine et les fidèles sortent et comme à leur habitude. La plupart se regroupent en cercles pour se raconter les derniers potins, mais cette fois, les conversations abordent le même sujet.

Qui sont ces hommes ? Que viennent-ils faire ici ?

Personne n'avait la moindre idée, à part peut-être le Père Bertrand.

Dans le village, les ragots vont bon train et chacun y va de son commentaire.

— Il paraît que ce sont des gros éleveurs qui cherchent un lieu pour implanter leur immense ferme !

— J'en doute, ils ont plutôt l'air d'industriels à la recherche d'un lieu pour construire leur usine !

Ou alors des exploitants de pétrole qui voudraient faire des forages de prospection !

— Je parie qu'ils vont défigurer notre campagne, c'est certain !

— Mais c'est curieux, même le Maire n'a pas là moindre idée !

— Ni le Maire ni personne, car ils ne dialoguent qu'entre eux et il paraît qu'ils parlent allemand, c'est ce qu'on m'a dit !

Le Père Bertrand, avait déjà deviné le but de leur présence.
Deux jours plus tard, les deux hommes reviennent, mais cette fois plus discrètement.
Comme chaque jour, le prêtre prenait son déjeuner que lui avait préparé Mathilde, sur la petite table en chêne de son presbytère, lorsque l'on frappa à la porte.
Il se leva de sa chaise et alla ouvrir.
Les deux mêmes hommes de l'autre jour, se tenaient face à lui sur le perron.
— Bonjour messieurs, que puis-je faire pour vous ?
— Bonjour ! Répondirent les deux individus à l'unisson, avec un accent allemand à couper au couteau.
Nous sommes des historiens, envoyés par notre gouvernement, qui recherchons des indices sur des personnes qui auraient été spoliées pendant la guerre, ou qui auraient des griefs à présenter aux autorités allemandes.
Nos deux pays doivent dorénavant vivre en paix et harmonie alors nous devons tout faire pour qu'une réconciliation totale soit possible.

Nous menons une large campagne de restitution de biens confisqués durant la guerre, qui doivent être dûment rendus à leurs propriétaires légitimes et nous avons pour tâche de recueillir les informations nécessaires pour mener à bien notre mission.
C'est la raison qui nous mène, jusqu'à vous, en tant qu'autorité morale.
— C'est très avouable et réconfortant, nos pays n'ont que trop souffert.
— Mais, je vous en prie, passez !
— Quel genre d'information cherchez-vous plus précisément ?
— Tout ce qui pourrait nous mettre sur la piste de biens de valeur, dérobés chez vos concitoyens !
— Très bien, je vais diffuser le message parmi les paroissiens et si vous désirez, je vous recontacterais !
— Merci beaucoup, mais nous reviendrons dans peu de temps, pour les nouvelles.
— Parfait, comme vous le désirez !
Conclut le Père Bertrand.
Les deux hommes quittèrent le presbytère, mais l'un des deux fut attiré par les restes des planches portant les inscriptions, que le prêtre avait dissimulé à l'époque, sous le tas de bois de chauffage.
Cependant celui-ci avait diminué des trois quarts pendant la nécessaire consommation de l'hiver, et avait mis à jour les restes de la caisse ayant contenu le

trésor, que le prêtre avait soigneusement dissimulé sous les bûches. Les deux individus échangèrent quelques mots en allemand et quittèrent le village. Pour le Père Bertrand qui avait tout suivi, plus aucune incertitude, ces hommes cherchaient bien l'or qui avait été caché dans sa sacristie.

7

« Waffen-SS »

Début juin 1944

Les alliés viennent de débarquer en Normandie. Pour l'armée allemande, ça sonne le début de la défaite sur le front ouest.
Pendant toute la période d'occupation, le pillage des biens publics et privés fut systématique.

Tous les hauts gradés militaires et en premier lieu le « Führer » et ses généraux, mais aussi les officiers et parmi eux, les plus assidus des services spéciaux comme les « SS », ou « Gestapo » (Police Secrète d'État) qui agissaient directement sur le terrain et qui étaient chargés de débusquer les opposants internes et externes au régime, recherchaient en même temps, les biens les plus rares et plus précieux pour leurs supérieurs. Ceux-ci, naturellement, étaient finalement les premiers à se servir.

Tout ce qui avait une certaine valeur était pillé et substitué, pour être convoyé en Allemagne.

C'est ainsi, que ces biens se trouvaient entreposés et mis à l'abri un peu partout et surtout dans les lieux les plus improbables et secrets, où ils étaient gardés, en attendant le transfert en convoi sécurisé jusqu'aux nouveaux possesseurs.

Et la petite église du Père Bertrand, comme beaucoup d'autres lieux, servit pendant cette période, à cet effet, comme je vous l'ai déjà signalé.

Parmi les officiers ayant sévi dans la région, on trouve en particulier deux membres des « *Waffen SS* », qui dirigeaient et organisaient les vols et les expéditions de biens vers leur pays.

Au début des spoliations et des substitutions, il y eut l'interception par les occupants, d'un convoi chargé d'une partie de l'or de la Banque de France, vers le territoire libre de Vichy où se réfugia le gouvernement de Philippe Pétain.

Un certain nombre de caisses pleines d'or fut saisi et entreposé provisoirement dans divers lieux de la région, et parmi ceux-ci, l'église de Ribeville.

Cependant, comme à chaque prise, tout n'allait pas dans les caisses du « Troisième Reich ».

Et nos deux officiers, pressés par le débarquement de Normandie et l'avancée fulgurante des alliés, décidèrent d'un commun accord de cacher une partie du butin dans le faux-plafond de la sacristie du Père Bertrand.

Ces officiers étaient le « *SS-Hauptsturmführer* » (Capitaine) Karl ACKERMANN, et le « *SS-Obersturmführer* » (lieutenant) Ludwig VOGT.

Les deux hommes que nous connaissons pour les visites impromptues à Ribeville après la guerre.

Souvenez-vous des initiales peintes sur la fameuse caisse :

K.A. und L.V.

8

À Ribeville, les deux prétendus fonctionnaires envoyés par le nouveau gouvernement Allemand pour je ne sais quel genre de mission de rapprochement et de d'évolution des biens "empruntés" aux français, devenaient de plus en plus pressants auprès du Père Bertrand.

C'était maintenant systématiquement toutes les semaines, qu'on pouvait les voir arriver, toujours le dimanche à l'heure de la messe.

Comme à leur habitude ils prenaient place invariablement, au premier rang, dans le but de déstabiliser le prêtre.

Les fidèles qui ne connaissaient toujours pas le véritable but de leur présence, s'étaient habitués à les voir et avaient fini par ne plus prêter attention à eux, au point que lorsqu'ils arrivaient un peu en retard, ils finissaient par s'en inquiéter.

De toute manière, personne n'aurait tenté de se mettre à leur emplacement habituel.

Non ! Leur invariable place était toujours respectée et laissée inoccupée.

Pour le Père Bertrand, c'était différent : leur assidue présence était vécue comme une forme de pression à son encontre. Il le savait parfaitement mais il essayait de faire abstraction, en se focalisant sur sa tâche, se donnant encore avec plus de cœur et d'enthousiasme qu'il était possible, à parfaire la cérémonie de l'eucharistie.

Même certains de ses fidèles avaient remarqué qu'il exagérait un peu, faisant traîner les différentes étapes, notamment ses homélies et prêches, qui devenaient interminables.

Cependant, rien n'altérait la patience des deux hommes, qui chaque dimanche, tenaient absolument à s'entretenir avec lui à la fin de la cérémonie pour insister encore et toujours sur la possibilité d'informations au sujet de personnes en quête de leurs biens.

Bien évidemment, la situation devait et allait évoluer, c'était dès lors inéluctable.

Un soir, juste avant de se mettre au lit, le prêtre reçut l'inopportune visite des deux individus.

Cette fois, ils apparaissaient sous un autre angle : les politesses furent réduites tout juste au strict minimum, l'expression de leurs visages avait changé et on pouvait sentir une certaine arrogance, pour ne pas dire une forme de dévisagement accusatoire au plus profond de leurs yeux, comme si leur ancienne façon de traiter leurs victimes, s'étaient soudainement réveillée.

— Père Bertrand, je crois que nous ne nous sommes pas compris !

Affirma Ackermann d'un air inquisiteur.

— Nous sommes ici pour faire le bien et réparer les préjudices, et nous constatons que vous ne faites rien pour nous faciliter la tâche.

Nous savons que votre église servit d'entrepôt d'œuvres d'art et de biens précieux durant une période de la guerre.

— Oui, nous savons aussi par nos services, que tout n'a pas été envoyé en Allemagne, alors savez-vous où est passé le reste ?

Ajouta Vogt.

— Mais ce sont vos compatriotes qui en assuraient la garde jour et nuit, je me trompe ?

Reprit l'ecclésiastique.

— Peut-être, mais d'après la comptabilité retrouvée, des choses manquent et celles-ci ont forcément fait l'objet de vols, c'est certain !

Le Père Bertrand commençait à être exaspéré par la lourde attitude des deux personnes.

— Écoutez messieurs, c'en est assez, si vous insistez encore, nous allons mettre tout cela entre les mains de l'autorité compétente, après tout, si vous pensez qu'il y a eu des vols, c'est à eux d'intervenir !
encore, nous allons mettre tout cela entre les mains de l'autorité compétente, après tout, si vous pensez qu'il y a eu des vols, c'est à eux d'intervenir !
Conclut le prêtre.

— Mon Père, voyons ne nous mettons pas dans un état pareil, après tout, nous voulons tous la même chose !
Ajouta Ackermann.

— Bon, excusez-nous pour ce dérangement un peu tardif, je suis certain que nous allons trouver une solution !
Poursuit-il, en regagnant leur véhicule, affichant un ostentatoire sourire narquois.

9

Quelques semaines passèrent, sans que les deux allemands n'apparaissent à Ribeville. Le Père Bertrand ainsi que ses paroissiens les avaient pour ainsi dire oubliés. La vie paisible du village avait repris ses droits, tout comme les paysans, les rudes labeurs des champs, et les quelques enfants sur le chemin de la petite école communale que dirigeait d'une main de maître l'instituteur Monsieur Aubert.
Mathilde, quant à elle, commençait à présenter des signes de fatigue et avait de plus en plus de mal à assumer les tâches de la paroisse, même si elle continuait à préparer les repas quotidiens du Père Bertrand. Cependant, pour le linge et les travaux

d'entretien de l'église, c'était de plus en plus compliqué à cause de sa santé.

Le Père Bertrand en avait parlé avec Mathilde, et aussi avec l'évêché.

Il faudrait très vite trouver une remplaçante, car les tâches étaient devenues plus importantes, et demandaient chaque fois plus de travail.

Avec l'accord de l'évêque, il allait proposer à Laurette d'assurer le plus gros du travail et de laisser à Mathilde, sa mère, qu'il était hors de question de licencier après tant d'années de bons et loyaux services, la continuité des plus légères tâches auprès de sa fille. Ainsi, à elles deux, elles pouvaient assurer les besoins de la paroisse.

Bien entendu, Laurette, qui ne demandait que cela, accepta avec grand plaisir la générosité du Père Bertrand.

Rien d'autre au monde, n'aurait pu mieux la combler.

Maintenant, elle allait pouvoir passer plus de temps avec son amour secret platonique, et s'occuper de lui chaque jour, le bichonner sans le qu'en-dira-t-on des inévitables bavardages des commères du village.

Quant à Mathilde, elle allait pouvoir se reposer et en même temps garder ses revenus, si nécessaires pour leur foyer.

Tout semblait donc aller pour le mieux, mais comme dit un proverbe espagnol, " chez le pauvre, la joie est toujours de courte durée".

Et c'est peu dire : à peine quelques jours plus tard, le malheur s'abattit sur la famille Bernot.

On retrouva Hippolyte, le père de Laurette et mari de Mathilde, mortellement blessé, au pied de son échelle, alors qu'il taillait ses arbres fruitiers.

Chose curieuse, car il avait fait cela toute sa vie, sans le moindre souci. « La Maréchaussée », déplacée sur les lieux, constata une blessure très importante sur le haut du crâne.

Il avait été littéralement fracassé.

Sans autre explication, on en déduisit qu'il avait dû heurter une grosse pierre lors de sa chute, qu'on ne trouva d'ailleurs jamais.

Deux jours plus tard, le prêtre allait recevoir de nouveau la visite nocturne des deux allemands que l'on croyait partis pour toujours.

— Mon Père, nous sommes vraiment désolés, nous avons appris le malheur qui a touché le mari de votre fidèle servante.

Nous sommes vraiment peu de chose.

Le Père Bertrand ne répondit pas, il avait décelé à l'instant l'ignoble pointe d'ironie dans les quelques mots de l'ancien Capitaine SS Karl Ackermann.

À peine partis, il tomba à genoux sur son prie-dieu, où il demeura le reste de la nuit, priant jusqu'à épuisement.

Le lendemain, Laurette le découvrit sur le sol, à peine conscient.

De toute évidence, la mort d'Hippolyte n'était pas un banal accident, le prêtre en était certain et il s'en voulait. Il savait qu'à travers son meurtre, c'était lui qu'on voulait atteindre et cela, il ne se le pardonnait pas. Pour lui, les deux anciens officiers SS s'étaient attaqués lâchement au pauvre ancien, parce que c'était une proie facile, et qu'ils savaient parfaitement que cela toucherait personnellement le Père à travers sa fidèle assistante de toujours.

Il aurait été facile pour les deux anciens tortionnaires de fracasser le crâne du pauvre vieillard sans défense, et faire croire à un banal accident.

Le prêtre était affolé, mort de remords. C'était bien à cause du trésor, qu'on l'avait éliminé froidement et il s'en voudrait jusqu'à sa mort.

D'autant qu'il savait parfaitement que s'il n'obtempérait pas, les deux assassins n'en resteraient pas là. Il avait comme beaucoup de monde durant la guerre, côtoyé ce genre d'individus prêts à tout pour obtenir ce qu'ils voulaient, et cela par n'importe quel moyen.

Les deux hommes avaient été des tortionnaires au service d'une ignoble idéologie malfaisante qu'ils avaient servi avec la plus grande rigueur, pour ne pas dire délectation.

Et dans leurs têtes, ils portaient ces immondes idées, qu'on leur avait inculqué depuis des lustres, lorsqu'ils paradaient fièrement dans leurs pimpants uniformes des jeunesses hitlériennes.

10

Les craintes du Père Bertrand ne se firent pas attendre.

À peine deux semaines plus tard, ce fut un autre terrible et macabre événement qui eut lieu.

Un matin, des paysans partant aux champs, eurent un spectacle d'effroi.

Mathilde gisait étendue, baignant dans une mare de sang, sur les quelques marches qui permettaient l'accès à l'église.

Par chance, elle respirait faiblement encore, et l'on s'empressa de faire venir un médecin d'Auneau, qui réussit non sans mal, à la ranimer.

Pour l'ancienne, ce fut un véritable miracle, car elle portait une énorme plaie sur son front, que l'on s'empressa d'attribuer à une malencontreuse chute sur l'escalier en pierre.

Mais la malheureuse avait perdu la mémoire et ne sut expliquer ce qui lui était arrivé.

Cependant, pour le prêtre, cette nouvelle tragédie portait sans la moindre ambiguïté, une bien évidente signature.

Et comme pour la fois précédente, nos deux personnages se présentèrent au Père, pour formuler leur accablante et hypocrite désolation, avec le même air suffisant et un tant soit peu accusatoire.

Pour le Père Bertrand, c'en était trop, on avait dépassé les bornes.

Il fallait absolument réagir et passer à l'offensive.

Mais comment s'attaquer à ces personnages, sans foi ni loi, prêts à tout, sans la moindre preuve formelle de leurs méfaits ?

Oui, comment faire ?

Les autorités ne les avaient pas incriminés, ni même soupçonnés.

L'ecclésiastique se trouvait dans une impasse, dans une véritable souricière, qui l'empêchait d'agir sans

dévoiler la présence du trésor, à l'abri dans le tombeau du malheureux défunt Père Richard. À ce sujet, se demandait-il, le Seigneur lui pardonnerait-il un jour la profanation de la tombe de son pauvre prédécesseur ?
Rien n'était moins sûr.
Pour le Père Bertrand, il fallait absolument trouver un stratagème pour éloigner définitivement les soupçons des deux étrangers.
Et pour cela, il fallait les envoyer sur une fausse piste.
Pendant toute cette période, les deux prétendus bienfaiteurs logeaient à Paris, chez un de leurs anciens collaborateurs de la Milice.
(Les nombreux membres de cette dernière avaient travaillé étroitement avec l'occupant pendant la guerre, en particulier avec les services Allemands comme la Gestapo et les SS).
Les deux anciens officiers, avaient donc gardé des liens très étroits avec le milieu collaborationniste de l'époque, à qui ils devaient pour beaucoup d'entre eux d'être passés entre les grilles du filet à la fin de la guerre, et de l'épuration qui suivit.
C'était justement le cas « *d'Ackermann* » et de « *Vogt* »
Et à cause de leurs activités, tous avaient intérêt à se faire oublier de leurs gouvernements respectifs.

Le fait est, que lors des visites au Presbytère, ils avaient laissé un numéro de téléphone de contact au cas où le Père aurait besoin de les joindre à Paris.

Et ce numéro n'était autre que celui de leur hébergeur et ami de longue date, "Jean Lebrun», ancien collabo devenu comme hélas beaucoup d'autres à la libération, un honnête citoyen, au-dessus de tout soupçon.

Un paisible horloger en ce qui le concerne, avec sa pimpante boutique près de la Place Vendôme.

Lui, qui n'avait pas hésité une seconde le moment venu, à brandir son brassard des FFI (Forces Françaises de l'intérieur), et qui avait poussé le culot, jusqu'à dénoncer certains collaborateurs bien connus et a participé activement à la minable tonte des femmes, dites de la "collaboration horizontale" sur les places publiques.

Le Père Bertrand allait élaborer une histoire qui permettrait d'orienter les deux hommes sur un tout autre scénario, d'autant qu'il était le seul à savoir la vérité sur le lieu où se trouvait le trésor.

Pour tout le monde, le Maire, la Maréchaussée, l'Évêque et l'ensemble des habitants du village, la seule chose qui était arrivée dans la sacristie du prêtre, c'était la chute d'une partie du faux plafond, sans plus.

Et rien ne pouvait le lier à cet incident, ni à la présence

d'un quelconque trésor, d'autant que l'événement avait été découvert par Mathilde.

Quant à lui, il dormait dans son Presbytère, et n'avait pas pu entendre quoi que ce soit.

Il allait donc les contacter et les mettre au courant de ce fait, qu'ils ignoraient totalement.

Bien entendu, le Maire allait pouvoir corroborer ces événements, d'autant que c'est lui qui avait demandé la remise en état du plafond, et payé les travaux.

De cette façon, pensait-il, les deux hommes pouvaient logiquement croire que le vol avait été perpétré par quelqu'un qui connaissait forcément la présence du butin à cet endroit bien précis.

Et les deux seules personnes à être au courant, c'était forcément, les deux anciens officiers.

11

Depuis le décès de son père et le malencontreux accident de sa mère Mathilde, Laurette s'était beaucoup rapprochée de son mentor.

Il fallait la voir, comme elle buvait ses paroles chaque fois qu'il montait en chaire, et que dire du soin méticuleux qu'elle portait à ses affaires ? Sans évoquer la traque du moindre grain de poussière ou toile d'araignée aussi bien dans l'église que dans la sacristie ou le minuscule presbytère qu'elle avait transformé en petit nid douillet.

Laurette était aux petits soins pour lui, pour satisfaire le moindre de ses besoins.

Elle était tombée folle amoureuse du prêtre, et plus rien n'avait d'importance ou présentait un quelconque intérêt à ses yeux.

Et même si elle n'avait jamais osé lui déclarer son amour, toute sa vie tournait désormais autour du Père Bertrand, qu'elle chérissait plus que la prunelle de ses yeux, allant presque jusqu'à l'obsession.

Celui-ci d'ailleurs, n'était pas resté insensible, même s'il essayait de garder les formes et une certaine distance.

Malgré tout, il rendait visite quotidiennement à l'infortunée Mathilde, qui ne quittait son lit que quelques heures par jour.

Le Père lui avait maintenu son salaire, ce qui lui permettait de payer le docteur Richard, qui se déplaçait à cheval, deux fois par semaine depuis son cabinet d'Auneau.

Le prêtre faisait cela sans aucun doute par pure charité chrétienne, mais aussi parce qu'il se sentait coupable des malheurs de la famille Bernot, qui en plus de la mort d'Hippolyte et le grave état de Mathilde, avaient été obligés de vendre à perte leur petite exploitation, avec ses animaux et ses terres.

Mathilde et Laurette, avaient tout juste réussi à conserver la petite maison des saisonniers, où elles avaient emménagé, et le minuscule jardin potager, où elles faisaient pousser ses fleurs qu'elles apportaient avec grande fierté à l'église.

Le Père Bertrand, qui avait réussi jusqu'alors à refréner et nier ce qui apparaissait de plus en plus

comme une évidence, dut se résoudre à admettre que lui aussi ressentait quelque chose qu'il ne contrôlait plus, qui était nouveau pour lui et qui avait fini par occuper une place considérable dans ses pensées.
Il était tout simplement tombé amoureux de Laurette.
Jamais il n'aurait pu imaginer qu'une telle chose puisse arriver, non, pas à lui. Il était trop sûr de son engagement envers le Seigneur, envers son sacerdoce.
Pourtant, les paroles de mise en garde de son Évêque, résonnaient maintenant dans sa tête :
— Tu devras faire face aux doux chants des sirènes, qui ne manqueront pas de venir charmer tes ouïes, tu verras, ils sont irrésistibles et y succomber te semblera comme un doux et irrésistible supplice.
Maintenant, il comprenait mieux ces sages paroles, qu'il s'était empressé de rejeter, d'un revers de main, tant elles lui semblaient impossibles.
Pourtant, ils ne s'insinuaient plus, maintenant, ils frappaient à tout rompre à la porte de son fort intérieur.
Que pouvait-il faire d'autre que de les laisser passer ?

12

À présent, il se retrouvait avec deux controverses sur les bras. Malgré tout, avant de parler avec Laurette, il devait résoudre le dangereux et inquiétant souci avec ses harceleurs, qui ne jetteraient pas l'éponge si facilement. C'était décidé, il allait mettre en place son plan, avec l'espoir qu'il fonctionnerait comme il l'avait imaginé. C'était hasardeux et incertain, cependant, peu d'autres choix s'offraient à lui, alors il devait absolument le tenter.

Il allait faire en sorte que les deux anciens complices s'accusent et s'affrontent au sujet de la disparition du butin, et pour cela, il allait passer un appel depuis la Mairie au numéro que l'ancien *SS-Hauptsturmführer* (Capitaine) « Karl Ackermann », lui avait laissé en cas de besoin.

— Bonjour ! Je suis le Père Bertrand, prêtre de Ribeville, pourrais-je parler à monsieur « Ackermann » s'il vous plait ?
Oui ! C'est à quel sujet ?
Répondit l'interlocuteur, qui n'était autre que « Jean Lebrun », l'ancien collabo qui les hébergeait à Paris. Quelques minutes plus tard, « Ackermann » était au bout du fil.
— Bonjour Père Bertrand ! Quelle bonne surprise !
— Bonjour ! J'aimerais m'entretenir avec vous au sujet des possibles vols, dont vous m'avez parlé.
— Avec joie, mon Père, avec grande joie ! Quand voulez-vous que nous passions à votre joli village ?
— Quand vous voudrez ! Mais pourriez-vous venir seul ?
— Mais, pourquoi seul ?
— C'est peut-être sans importance, mais j'aimerais que l'on procède ainsi, vous jugerez vous-même plus tard !
— Bien ! Je passe demain matin à votre presbytère si cela vous convient !
— Très bien, c'est parfait, je vous attendrai !
Le lendemain vers onze heures, « Ackermann » frappa à la porte du presbytère. Le prêtre était absent, et c'est Laurette qui vaquait à ses occupations qui vint le recevoir

— Bonjour Monsieur !
— Bonjour Mademoiselle, le Père est-il présent ?
— Non ! Pas pour le moment, il célèbre un baptême, mais il sera ici dans peu de temps ! Cela fait déjà plus d'un quart d'heure que la cérémonie a débuté.
Entrez et prenez place, je vous prie, voulez-vous un café ou autre chose ?
— Non ! Merci mademoiselle c'est très aimable à vous, je vais juste attendre le Père si vous le permettez !
— Oui, il ne va pas tarder !
— Dites-moi mademoiselle, pourrais-je vous poser une question ?
— Oui, bien sûr, dites toujours !
— Merci. Comme vous savez certainement, nous somme mon ami et moi, envoyés par notre gouvernement, pour essayer de retrouver des biens volés à vos compatriotes, c'est le moins que l'on puisse faire pour nous dédouaner des nombreux pillages dont la population a été victime pendant la guerre.
Nous essayons d'apporter une petite réparation aux nombreux méfaits qui ont été commis, c'est la seule façon de reprendre des relations de confiance entre nos deux pays.
— C'est très avouable de votre part, et en effet, cela semble un bon début.
Répondit Laurette.

— Voilà ! Vous êtes au courant de l'incident qui a eu lieu dans la sacristie du Père Bertrand, je suppose ?

— Oh ! Ne m'en parlez pas, cela aurait pu être un Drame ! Par chance la chute d'une partie du plafond a eu lieu durant la nuit, et personne n'a été blessé.

D'ailleurs, c'est ma mère qui découvrit ce qui était arrivé, lorsqu'elle est venue de bonne heure pour faire son ménage.

Elle a failli tomber à la renverse en ouvrant la porte de la sacristie, qui selon elle, n'était pas verrouillée comme d'habitude.

La pièce était pleine de gravats de plâtre et couverte de poussière.

— Et mis à part les débris de plâtre, savez-vous s'il y avait autre chose, comme une caisse en bois par exemple ?

— Non ! Rien d'autre, d'ailleurs monsieur le Maire et la moitié du village peuvent en témoigner.

Par chance, grâce au Père Bertrand, qui a aussi contacté le Diocèse de Chartres, les deux entités se sont mises d'accord pour effectuer rapidement les travaux de réfection.

Laurette commençait à trouver cette conversation bizarre, elle ressemblait de plus en plus à un véritable interrogatoire.

— Ah ! Voici le prêtre qui arrive, il pourra sans doute vous en dire plus !

— Bonjour Père Bertrand ! Me voici, seul comme vous vouliez, qu'avez-vous à me dire ?
— Eh bien voilà ! C'est un peu délicat, il y a quelque chose d'important que vous ignorez !
— Ah oui ? Vous m'intriguez mon Père !
— Eh bien, vous avez laissé entendre qu'il se pourrait que des vols de biens aient été commis dans mon église !
— C'est très probable en effet !
— Comme je vous disais, un événement très louche s'est produit dans ma sacristie, il y a peu de temps !
Un matin, mon assistante Mathilde, a découvert qu'une partie du faux plafond de la sacristie était tombée pendant la nuit sur le sol, occasionnant des dégâts importants.
Monsieur le Maire est venu constater les dégradations, et nous en avons fait part à l'Évêché de Chartres.
Sur le sol nous n'avons trouvé que des plâtras du plafond. Depuis, la Mairie s'est chargée d'effectuer les travaux nécessaires à la remise en état.
Voilà ! Je ne sais pas si cela a un intérêt pour vous, mais je me devais de vous en informer.
Monsieur le Maire pourra vous confirmer tout cela.
— Merci mon Père ! C'est très intéressant en effet !
— Oui, intéressant et curieux, car d'après ma

Servante Mathilde, la sacristie avait été forcée, la porte était juste poussée, mais pas verrouillée comme d'habitude. Les autorités ont pu le constater, et avec certitude on y a pénétré pendant la fameuse nuit de la chute du plafond.

— Je ne sais pas ce que vous en pensez, mais quelqu'un est venu chercher quelque chose qui s'y trouvait, et il connaissait parfaitement son emplacement.

— Oui en effet, c'est plus que curieux !

Ajouta « Karl Ackermann ».

Je vous demanderai de ne pas en parler à mon collègue « Vogt » pour le moment s'il vous plait !

Ajouta-t-il.

« Ackermann » quitta précipitamment le presbytère avec la mine défaite.

13

Arrivé à l'appartement parisien de « Jean Lebrun », il trouva son collègue « Ludwig Vogt », seul. Lebrun étant parti à sa boutique.
— Dis-moi Ludwig, je crois que nous avons un Sérieux problème !
Tonna Karl en allemand.
— Un problème ? Explique-toi !
— Écoute, ne me prend pas pour un imbécile, c'est Toi qui est allé à la sacristie de l'église de Ribeville, et qui a pris notre caisse pleine d'or !
Et ne nie pas, j'ai des preuves !
— Mais Karl, qu'est-ce que tu racontes ? Tu es Devenu fou ou quoi ?
— Écoute, ne ment pas ! Toi et moi étions les seuls à

savoir ou était cachée la putain de caisse, la porte de la sacristie a été forcée et le plafond éventré, de plus j'avais déjà remarqué les débris de la foutue caisse sur un tas de bois à côté de l'église, et tu oses encore nier ? J'ai la preuve formelle, que personne d'autre n'a touché à notre or !

— Bon ça suffit, de quel droit tu m'accuses de vol ? Je sais parfaitement que je n'ai rien à voir avec ça, alors qui me dit que ce n'est pas toi qui as tout manigancé ? Tu n'es plus mon supérieur, mets-toi bien ça en tête, je te dis que je n'ai rien à voir et tu continues à m'accuser !

« *Scheiße, Verpiss dich* » !!!

Les noms d'oiseaux fusaient entre les deux compères, et Karl s'empara d'un couteau posé sur la table de la cuisine, et porta un violent coup au ventre de Ludwig. Celui-ci chancela un instant, mais finit par se saisir d'une statue en bronze et lui asséna un violent coup sur la tête.

Karl s'effondra de tout son long sur le sol, mortellement blessé.

Ludwig, gravement atteint au ventre, alla jusqu'à la salle de bain, devint complètement pale et chuta à son tour sur le carrelage.

Il gisait dans une mare de sang qui s'étendait à mesure que le temps passait.

Il était incapable de se relever pour aller jusqu'au téléphone et demander de l'aide.

Finalement, il se traina pendant quelques mètres, mais succomba à son tour avant d'atteindre le combiné.

Ce fut « Jean Lebrun » qui découvrit les deux cadavres le soir en rentrant de sa boutique.

Il alerta les secours, mais c'était déjà trop tard, les deux invités, s'étaient donnés la mort mutuellement.

14

Bien entendu, cette affaire allait faire beaucoup de bruit, et tous les journaux affichaient les deux cadavres en première page.

À Ribeville, c'était la consternation entre les paroissiens qui les connaissaient bien, pour les avoir côtoyés, même s'ils n'avaient pas noué de relations personnelles, dû à leur manque d'empathie.

Les seuls qui les avaient approchés, c'étaient le Père Bertrand, bien entendu, et Laurette.

Pour le prêtre, c'était une victoire, il avait réussi à se débarrasser des deux indésirables, même s'il avait souhaité, un autre dénouement.

L'enquête menée par les policiers du quai des Orfèvres, avec le concours de la Maréchaussée d'Auneau, ne déboucha sur rien de probant. Le

dossier, ainsi que les deux corps, furent renvoyés en Allemagne, et on n'en entendit plus parler.
Dorénavant, le Père Bertrand allait se pencher sur son autre déboire qui le tourmentait et qui lui faisait passer des nuits blanches.
Laurette.
Ses jours et surtout ses nuits, étaient hantés par un épouvantable dilemme, et ses insistantes pensées ne lui laissaient pas le moindre répit.
Que faire ? Que décider ? Que choisir ? Lorsqu'il croyait avoir trouvé la solution, aussitôt, son esprit venait le tourmenter et tout remettre en question.
Soudain, tout redevenait flou, opaque et insensé.
Ses désirs et ses pulsions, prenaient alors un air contradictoire.
Il devait trouver la solution, car dans le cas contraire, c'était certain, il sombrerait dans la folie.
Une seule chose était certaine, son attirance physique pour Laurette.
Mais était-ce de l'amour ?
Il n'avait pas la réponse, le seul et unique amour qu'il connaissait, c'était celui qu'il avait tout entier dédié à Dieu, à travers son engagement, son sacerdoce et son total abandon.
Alors oui, que faire ?

Un beau matin, il se réveilla, et à l'instant, senti la singulière et caractéristique odeur du café caresser ses narines.

Laurette était venue lui préparer sa collation comme d'habitude, comme tous les autres jours de l'année, mais ce matin-là, il l'avait remarqué, et ça lui avait plu.

Il se leva, versa un peu d'eau fraîche de son broc dans la bassine, en prit dans le creux de ses mains, et les passa sur son visage.

Il vint jusqu'à la table, où l'attendait son immuable et habituel petit déjeuner préparé comme d'accoutumé par la jeune fille.

Il tira légèrement sa chaise, comme pour s'asseoir, puis se ravisa.

Le prêtre fit quelques pas jusqu'à sa servante, et d'un geste franc et décidé là pris dans ses bras et l'embrassa fougueusement.

Celle-ci, tout d'abord surprise, s'abandonna aussitôt dans les bras du Père, qui sans prononcer le moindre mot la conduisit jusqu'à sa couche.

Et ce fût pour tous deux une folle matinée d'ébats amoureux, gauches mais intenses.

C'était arrivé, oui, tous deux avaient du mal à imaginer le moment qu'ils vivaient.

Ce moment qui ne pouvait pas avoir lieu, entre leurs deux personnes, ce moment tant de fois rêvé, tant de fois imaginé, et tant de fois rejeté avait lieu. C'était comme un rêve, un doux rêve faux et vrai à la fois, qui s'accomplissait presque malgré eux et qui emportait tous leurs préjugés sur son passage. Puis, ils se posèrent et eurent une longue conversation.

Rien dès lors ne serait comme avant, ils avaient franchi le pas, le gouffre, l'abîme, et la vie serait désormais différente pour les deux.

Le Père Bertrand allait demander de quitter les ordres à son évêque et une nouvelle vie pleine d'incertitude, mais aussi d'épanouissement, allait commencer.

15

Laurette était aux anges, c'était son rêve qui se réalisait, un rêve auquel elle n'osait plus croire, presque une chimère. Son amour impossible venait de répondre à ses plus inatteignables attentes, là, un simple matin semblable à tant d'autres, sans prévenir, sans signes avant-coureurs, sans même un simple indice, au moment où elle s'y attendait le moins.

C'était une inimaginable surprise, un coup de tonnerre dans un ciel bleu, un rayon de soleil dans une nuit sombre, presque un miracle.

Laurette tremblait de tout son corps, son cœur emballé battait à tout rompre et l'air lui manquait.

Quelques heures plus tard, les deux amoureux assis côte à côte à la table du salon, échafaudaient les

projets les plus fous. Ce jour-là, Laurette oublia même pour la première fois de préparer le repas du Père.
Mais peu importe, ils n'avaient pas faim, en tout cas pas de celle qui te creuse l'estomac.
Ils restèrent assis là, main dans la main. Pendant combien de temps ? Qui sait ? Et après tout, quelle importance ? Ils étaient bien, et cela suffisait.
Le Père Bertrand du même lui rappeler d'aller voir sa mère.
— Elle doit être morte d'inquiétude, lui rappela le prêtre, tu es partie depuis ce matin.
— Oui, vous ! Euh, pardon tu ! Tu as raison, je vais la retrouver !
— Vas-y Laurette, je t'attends demain pour le petit déjeuner !
— Oui Louis, je serai là !
La jeune fille regagna sa maison, où l'attendait Mathilde. Une longue nuit allait passer, sans concilier le sommeil.
Le Père Bertrand ne dormi pas non plus cette nuit-là. Trop de choses trottaient dans sa tête, trop d'incertitudes, trop de questions sans réponse. Pourtant, le temps était venu de s'occuper du fameux trésor caché dans le sarcophage du Père Richard, qui devait se sentir à l'étroit.

Alors il était temps de lui rendre ses aises et de le récupérer. Il avait décidé que ce serait demain, oui, demain pendant la nuit.

Au petit matin, Laurette était là, ponctuelle comme à son habitude. Avec un large sourire, elle entra avec l'intention de préparer le petit déjeuner, mais Louis était déjà assis à table et tout était prêt.

—Viens Laurette, viens t'asseoir et prenons notre collation ensemble, ce sera comme cela dorénavant.
La jeune fille vint se blottir contre lui, et après de longs baisers, ils finirent par faire honneur au repas.

— Tu sais Laurette, aujourd'hui je ne serai pas là pour déjeuner, comme tu dois te douter, je dois absolument aller à Chartres, m'entretenir avec l'évêque.

— Oui, bien entendu, ne t'en fais pas je vais m'occuper, fais ce que tu as à faire. Tu seras rentré pour le dîner ?

— Oui, bien sûr, je serai là avec l'autocar de dix-sept heures.
Maintenant, je dois préparer quelques papiers pour l'évêché, je suis désolé, ça risque d'être un peu long.

— Ne t'en fais pas, chéri, je comprends parfaitement, prend ton temps, moi je vais m'occuper du ménage de l'église. Le Père Bertrand emprunta le vieil autocar de huit heures, qui convoyait chaque jours les voyageurs qui désiraient se rendre à Chartres, en effectuent un long parcours par les nombreux villages environnants.

Il se rendit directement à l'évêché où il avait rendez-vous avec l'évêque, qu'il consulta longuement, pour lui faire part de sa décision irrévocable, puis déposa les nombreux dossiers et les archives de ses trois églises, à l'administration.

L'évêque qui ne put le convaincre de renoncer à son projet, lui demanda cependant, de rester un mois de plus le temps d'affranchir son remplaçant, ce qu'il accepta, bien évidemment.

Puis en fin d'après-midi, il regagna Ribeville par le même moyen, comme prévu.

À dix-huit heures il était de retour et retrouva Laurette en plein préparatifs du dîner.

— Bonsoir Louis ! Alors comment s'est passé ton entretien avec l'évêque ?

— Très bien Laurette, très bien !

Tout est arrangé, dorénavant nous sommes libres, enfin dans un mois. Je dois m'occuper d'affranchir mon remplaçant, mais ensuite, à nous la nouvelle vie !

— Parfait chéri, j'ai hâte de t'avoir pour moi toute seule.

— Oui, ce sera merveilleux, encore juste un peu de temps, et plus rien ne nous séparera.

Le soir même, comme il l'avait décidé, juste après le départ de Laurette, il entreprit de récupérer le butin, de la même manière qu'il avait fait pour le mettre à l'abri. Après quelques heures et pas mal d'efforts, il avait récupéré tout son magot et l'avait placé de nouveau dans la grosse valise de son placard.

Maintenant, il devait mettre en oeuvre le plan qu'il avait soigneusement imaginé.

16

Le lendemain, à l'heure du déjeuner, qu'ils prenaient désormais ensemble, Laurette, un peu inquiète pour leur avenir, questionna son homme.
Louis, comment allons-nous faire maintenant que nous n'avons plus les revenus de l'église ?
— Ne t'en fais pas Laurette, ne sois pas inquiète, j'ai tout prévu, et je t'assure que nous ne manquerons de rien. Ta mère Mathilde non plus, sois rassurée et fais-moi confiance.

Laurette ne comprenait pas, mais ses mots apaisants la confortèrent, elle n'allait plus lui poser de questions, elle se laisserait mener en pleine quiétude.

— Laurette, demain je dois me rendre à Paris pour accueillir le nouveau prêtre, le « Père Gustave », Jacques de son prénom.

Ne m'attends pas pour déjeuner, et laisse-moi le dîner dans le garde-manger, je rentrerai certainement très tard !

— Bien, d'accord !

Mais où dormira le Père Gustave ?

Je vais voir, mais dans l'un des deux autres presbytères, ne te tracasse pas, il logera là-bas, temps que nous demeurerons encore ici.

— Très bien !

Le lendemain, Louis prit l'autocar pour Paris.

Il devait effectivement récupérer son remplaçant, mais avant, il avait aussi un rendez-vous très important et quelques achats à faire.

Il se rendit tout d'abord à l'endroit de rencontre prévu, dans une brasserie du dix-huitième.

Lorsqu'il arriva, son interlocuteur était déjà attablé au fond du bistrot.

Cet homme, un ressortissant Russe, « Andrei Petrov » corpulent, la cinquantaine, chauve.

— Bonjour Monsieur Petrov ! Interpela Louis.

— Bonjour ! Répondit le russe.

— Excusez-moi, je suis un peu en retard ! Ajouta Louis, tout en prenant place.

— Non pas du tout, je viens d'arriver !

— Bien, parlons de notre affaire, si vous voulez bien !

— Oui ! si j'ai bien compris, vous voulez embarquer discrètement pour « Nassau » dans l'Île Bahamas.

— Oui, c'est exact !

— Parfait ! J'ai ce qu'il vous faut, un navire marchand.

Il va appareiller de Marseille dans trois jours, vous pouvez avoir une petite cabine, pour deux mille dollars en cash.

— Eh bien, c'est parfait, vous pouvez confirmer.

— Le navire s'appelle « Antikov » et le capitaine « Kireief », il se trouve sur le quai numéro 4 sud.

Je l'appelle, vous serez attendu.

— Merci, voici votre commission !

Louis remit discrètement cinq cents dollars dans une enveloppe à « Andrei Petrov ».

Il se rendit chez un bagagiste et acheta deux valises solides et sécurisées suffisamment grandes pour pouvoir contenir l'ensemble du trésor.

Ensuite, il prit la direction de la Gare de l'Est où il devait attendre le nouveau prêtre, qui arrivait de Nancy. Il était déjà tard, lorsque celui-ci arriva, et ils eurent tout juste le temps de prendre le dernier autocar qui les ramènerait à la Beauce.

Louis déposa son collègue au presbytère du premier village, et après lui avoir fait faire la visite des lieux, il rentra à Ribeville à bicyclette, chargé des deux lourdes valises.

Lorsqu'il arriva, Laurette était déjà rentrée chez sa mère.

Il entreprit alors de transvaser le contenu dans les deux nouvelles valises, plus faciles à transporter, remit tout en place et se coucha pour la nuit.

Le lendemain, Louis, le passa presque entièrement en compagnie du nouveau prêtre, le « Père Gustave », lui faisant visiter les trois paroisses dont il aurait dorénavant à s'occuper, et le soir, il rejoignit le presbytère où l'attendait impatiemment Laurette.

Pendant le diner et la nuit qu'ils passèrent ensemble, ils eurent l'occasion de parler de leur avenir, et leur future vie commune.

Le jour suivant, après avoir pris le petit déjeuner, Louis annonça à sa jeune maitresse qu'il devait retrouver le Père Gustave pour lui remettre deux valises pleines de documents concernant les comptes des trois paroisses, et il emprunta le même autocar qui se rendait à Paris et qui s'arrêtait dans le village du Père. Cependant, il ne fit pas de halte, il continua son voyage jusqu'au terminus, d'où il prit le métro jusqu'à la gare d'Austerlitz. Là, au guichet des grandes lignes, il prit un aller simple pour Marseille. Le train roula toute la nuit et arriva à destination en fin de matinée.

Sans perdre un instant, Louis se rendit jusqu'au quai numéro 4 où se trouvait le vieux cargo « Antikov ».

Il demanda l'autorisation de monter à bord avec ses deux valises, alléguant qu'il était attendu par le Capitaine « Kireief ».

Il fut aussitôt conduit jusqu'à lui par le garde de service, le Capitaine le salua, et le conduisit jusqu'à sa minuscule cabine.

— Voici votre suite, mon Père, je suis désolé, je comprends que ce n'est pas celle d'un paquebot de croisière, mais je sais que vous comprenez.

— Bien entendu Capitaine, je ne m'attendais pas à autre chose !

Voici votre argent, comme convenu !

Louis remit une liasse de trois mille dollars à l'officier, qu'il s'empressa de compter minutieusement.

— C'est parfait, mon Père !

Je vous demanderai seulement d'être très discret, vous devez absolument rester cloitré dans votre cabine jusqu'à notre arrivée. Ne vous inquiétez pas, les repas vous seront servis religieusement en temps et en heure. Ne vous inquiétez pas, les repas vous seront servis religieusement en temps et en heure.

Ah oui ! Comme vous voyez, vous disposez de quelques livres, mais je doute fort qu'ils vous intéressent, notre bibliothèque est un peu limitée.
Vous avez aussi à votre disposition quelques remèdes contre le mal de mer.
Bien, maintenant, si vous n'avez pas d'autres questions, je vous laisse, nous devons appareiller ce soir sans faute.
J'oubliais ! Si vous désirez me joindre pour une urgence, vous avez un combiné à votre disposition, mais à utiliser uniquement en cas de réel besoin, nous devons rester très discrets, surtout lors des différentes escales, je suppose que vous comprenez !
— Absolument Capitaine, soyez tranquille !

17

Quelque chose de grave avait lieu. Quelque chose d'inattendu, Laurette n'était pas encore au courant, mais sa vie allait changer, oui, radicalement changer, c'était irrémédiable.

Le Père Bertrand, Louis, son Louis avait pris une décision drastique, folle, inespérée, comment cela était-il possible ? Était-il devenu fou ?

Lui, d'habitude si attentionné, si pondéré si aimable, venait de s'enfuir seul, sur un bateau pour le bout du monde. Il venait d'abandonner son amour pour Dieu, pour Laurette, pour Mathilde et ses paroissiens, il fuyait tout ce qui avait été sa vie depuis des années.

De toute évidence, l'argent l'avait changé et transformé, ce trésor tombé du ciel l'avait égaré, il l'avait complètement transfiguré et rendu méconnaissable. Son cœur s'était endurci, il avait vendu son âme au diable pour quelques kilogrammes de métal jaune.

Désormais, rien, ni personne ne pourrait le sauver, il était perdu, il s'était perdu.

Dans sa minuscule cabine de ce gros bateau, il s'éloignait de tout ce qui avait été sa vie, les jours passaient avec ses nuits sans fin, puis les semaines, percevant seulement le sinistre bruit des vagues qui venaient s'écraser sur la vieille coque métallique du bateau et qui résonnaient une et mille fois dans ses ouïes.

Qu'avait-il fait ?

Quelle folie avait-il commise ?

Cela faisait déjà deux semaines qu'il avait disparu, sans laisser la moindre trace.

Laurette, désespérée n'avait rien vu venir, ou peut-être n'avait pas voulu voir, car le comportement du Père n'avait pas été normal, loin de là.

Il avait fait en sorte que deux hommes s'entretuent.

Oui, finalement, deux innocents dont le seul but avait été de faire le bien, d'essayer de se racheter en cachant cette caisse pleine d'or, pour qu'elle ne soit pas emportée avec le reste des pillages et qui s'étaient risqués à revenir la récupérer pour la remettre à ses légitimes propriétaires.

Et de plus, en aucun cas ils n'étaient responsables de la mort d'Hippolyte Bernot, ni de la fâcheuse chute de

Mathilde dans les escaliers de l'église. Ce furent de simples accidents. Parfois aussi, le hasard fait bien mal les choses.

Oui, ils étaient totalement innocents de tout cela, et ce fut bien la machination du Père qui avait abouti à leur mort.

Le voyage touchait désormais à sa fin, Louis avait fini par se faire une raison.

Après tout, il était jeune, il était riche et il arrivait dans un lieu paradisiaque.

Il allait pouvoir vivre une vie de rêve, loin de toutes les incessantes vicissitudes et tracas de la triste et minable vie quotidienne.

Puis ce fut le drame.

Le feu se déclara soudainement dans la salle des machines et s'étendit de façon fulgurante au reste du vieux cargo. Quelques marins réussirent à passer leur gilet de sauvetage et à sauter par-dessus bord.

Cependant, Louis, bloqué dans sa cabine, au fin fond d'un des nombreux couloirs, ne réussit jamais à atteindre le pont, et sombra accroché à ses deux valises pleines d'or.

Le bateau qui toucha le fond par plus de deux mille mètres, ne fut jamais retrouvé.

Le Père Bertrand allait finir finalement à quelques encablures de son paradis sur terre qu'il ne put jamais atteindre et bien loin de l'autre, en tout cas je le suppose.

18

Dénouement

Un jour que Laurette, qui, comme à son habitude, continuait à faire religieusement son ménage dans la sacristie de l'église de Ribeville, dirigée désormais par le Père Gustave, elle fut soudainement attirée par un éclat venant du dessous de la lourde commode éclairée par un rayon de soleil rasant de janvier.

Intriguée, elle prit le manche de son balai, et traîna cette chose vers elle, jusqu'à pouvoir la prendre dans sa main.

C'était un Louis d'or qui avait échappé au Père Bertrand, et qui s'était réfugié jusqu'alors dans la pénombre de sa sacristie.

FIN

Gloire, Décadence et vice-versa

Gloire, Décadence et vice-versa

Un peu d'histoire

J'ai tenu à compléter mon roman par un petit pan de notre Histoire de France, bien réelle celle-ci, car je tenais à illustrer par des faits réels ou tout du moins reportés comme tels, le curieux comportement et parfois déroutant, de l'âme humaine.
D'où mon sous-titre.

Gloire, Décadence et vice-versa

Revenons une trentaine d'années auparavant

Oui, si je remonte si loin, c'est pour vous faire part de quelques bribes d'histoire de deux hommes, deux personnages militaires et politiques du vingtième siècle qui ont joué un rôle de première importance dans notre pays.

Et si je tiens à les évoquer, ce n'est pas forcément parce qu'ils font directement partie de mon intrigue, même si leurs rôles ont été primordiaux à cette époque.

Il m'a plu pour commencer ce récit, de mettre l'accent sur cette curieuse acuité humaine qui nous caractérise.

Ce n'est pas que j'ignore que dans la vie, tout est noir ou blanc, non, nous avons tous notre côté gris, plus ou moins clair ou sombre.

Pourtant c'est bien souvent ce trait de caractère qui nous fait basculer d'un côté ou de l'autre.
On peut être un héros et devenir un lâche, ou le contraire.
Bon, ces mots sont peut-être un peu excessifs, d'ailleurs, ils ne me plaisent pas. Disons plutôt, une personne fière et engagée, ou quelqu'un de craintif et prudent.
Et bien entendu, nous pouvons être les deux à la fois, en fonction du moment ou des circonstances.
Je n'ai pas l'intention de vous donner ici un cours d'histoire ou une quelconque série d'affirmations, mais simplement vous faire part de mes pensées, qui valent ce qu'elles valent.
C'est simplement plus fort que moi, car je déteste les demi-vérités ou mensonges, comme vous voudrez.
Tout d'abord, je vais évoquer Philippe Pétain.
Voilà un homme qui a tout eu : honneurs, reconnaissance, respect, décorations et j'en passe, et qui finit comme traître, collaborationniste, et déchu de tout, y compris pour finir, frappé d'indignité nationale en 1945, par la volonté de l'homme qui lui devait tout, et qu'il a toujours défendu, même au-delà du convenable, ou éthique.
Et cette personne vous l'avez déjà devinée, c'est Charles de Gaulle.
Oui, le « *Grand Charles* ».

Pourtant, cet homme, pendant la Grande Guerre et l'entre deux, n'a pas montré son meilleur côté.

Si l'on en croit les nombreux témoignages, ses faits d'armes sont peu élogieux, et refermeraient même de nombreuses zones d'ombre.

Mobilisé avec ses frères comme officiers durant la première guerre mondiale, tous revinrent vivants et décorés.

Charles fut fait prisonnier par les Allemands, cependant, l'histoire de sa capture est controversée par certains de ses camarades de combat ainsi que par un officier allemand et plusieurs témoignages, qui affirment qu'il se serait rendu.

Transféré au fort de « *Osnabruck* », il tente de s'évader à cinq reprises sans le moindre succès. Finalement, il finit par être libéré après l'armistice du onze novembre 1918. Pourtant, il reçoit du gouvernement la Croix de Chevalier de la Légion d'Honneur ainsi que la Croix de Guerre avec étoile d'argent.

Par la suite, il s'engage dans l'armée polonaise en avril 1919, et quitte la France pour la Pologne en tant qu'instructeur, où il obtient une nouvelle citation, mais déçu, il revient en France. Cependant, mécontent par le poste qui lui est proposé au cabinet des décorations du ministre, il repart en Pologne en mai 1920. Après la victoire de ce pays, il se marie à Calais, et intègre l'école de Saint-Cyr où il dispense des cours d'histoire. Mais là aussi, mal noté par ses supérieurs, il doit de nouveau son salut à Pétain qui le détache à son État-Major en 1925. Grâce à son protecteur, il est affecté à Paris, au secrétariat de la Défense Nationale où il s'initie aux plus hautes fonctions de l'État.

Le six juin 1940, de Gaulle abandonne la hiérarchie militaire, pour une carrière politique, et quitte la France en déclarant Paris « ville ouverte » et deux jours après, il rencontre le Premier ministre du Royaume-Uni : Winston Churchill.

Dès lors, il est considéré comme déserteur, et le Président de la République Albert Lebrun, le traduit devant le Conseil de guerre qui le condamne à quatre ans de prison et à la déchéance de la Nationalité Française. C'est le 18 juin, qu'il fait son célèbre appel, demandant aux officiers français et soldats se trouvant en territoire britannique de le rejoindre pour continuer le combat. Puis il crée et dirige les Forces Françaises Libres. À partir de là, son parcours chaotique va littéralement changer.

Reconnu par Churchill, puis par les Américains, il prend part à côté des alliés, à la libération du territoire, puis s'impose à la tête de la Nation, non sans controverses comme nous le savons tous.

Voilà comme un homme de peu d'envergure au départ, parvient à se hisser au sommet. C'est l'exemple que je voulais démontrer, de deux personnages aux destins opposés.

Il est vrai aussi que l'histoire lui a donné raison, car elle est toujours écrite par les vainqueurs.

(Bien entendu, n'étant pas historien, j'ai cité dans ce chapitre, divers passages de plusieurs ouvrages écrits par des spécialistes que chacun peut facilement consulter.

Je tiens ici, à les remercier pour le sérieux de leur travail d'investigation).

JMRC

Du même auteur

— **Notre petite Maison dans la Prairie**
(Récit autobiographique)
— **Les dessous de Tchernobyl**
(Roman)
— **Le Piège**
(Roman)
— **Amitiés singulières**
(Amitiés Amour et Conséquences)
(Roman)
— **Nature**
(Récit)
— **La loi du talion**
(Roman)
— **Le trésor tombé du ciel**
(Román)
— **Prisonnier de mon livre**
(Récit)
— **Sombres soupçons**
(Roman)

Biographie :

Jose Miguel Rodriguez Calvo
né à «San Pedro de Rozados»
Salamanca (Castille) Espagne
Double nationalité franco-espagnole
Résidence : France

Del mismo autor
Publicaciones en Castellano

— **Perdido**
   (Novela)
— **Tierra sin Vino**
   (Novela)
— **El tesoro caído del Cielo**
   (Novela)

Biografía:

Jose Miguel Rodriguez Calvo
natural de «San Pedro de Rozados» (Salamanca) España
Doble nacionalidad hispanofrancesa
Residencia: (Francia)

jose miguel rodriguez calvo